Apatriden
och
den förvirrade hunden

andra utgåva

Predrag Mihajlović

Förlag BoD - Books on Demand, Stockholm, Sverige
Tryck: BoD - Books on Demand, Norderstedt, Tyskland
ISBN: 9789176996638

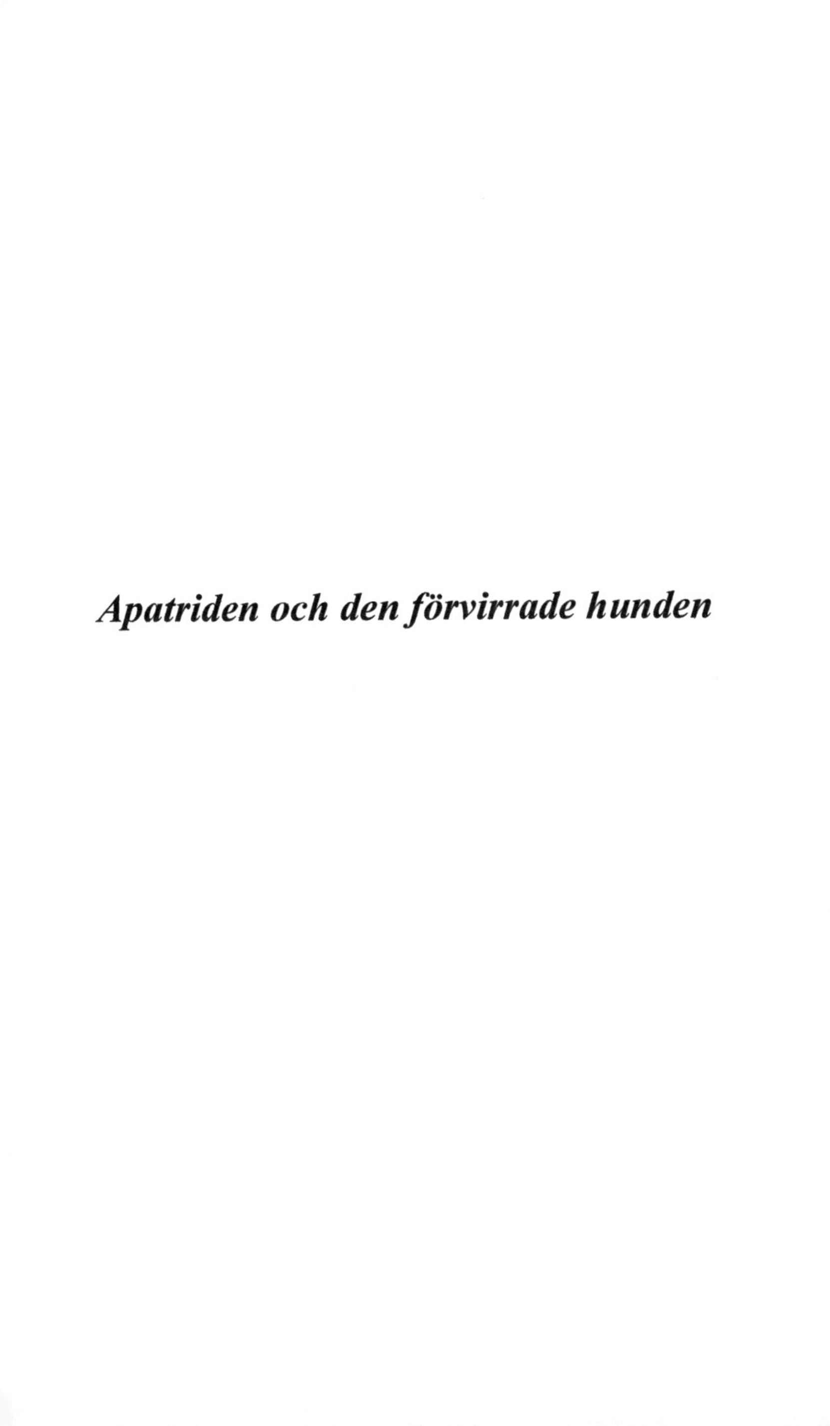

Apatriden och den förvirrade hunden

Innehåll

Ett: Apatriden

Alldeles plötsligt börjar han skaka av feber och är tvungen att stanna kvar i deras hem.

Det känns ovanligt och det ovanliga är inte bara det plötsliga utan att det är första gången han blivit sjuk sedan han börjat vandra. Visst är sjukdom eller skada mycket farligare för den ensamme än för den som inte är det - man är tvungen att klara sig på egen hand - ändå har han under sin vandringstid börjat tro att ensamheten framstår som något slags immunitet mot sjukdomar. Av rädslan att det inte finns någon att hjälpa till vägrar hjärnan låta kroppen bli sjuk.

Och nu, när det finns någon i närheten, har hjärnan kopplat av efter en så lång tid och låtit kroppen kämpa emot.

Låt kroppen kämpa emot! säger hjärnan.

Samtidigt har han haft tur. Han är inte ensam nu. De ovanligt bemötande och lugna syskonen hjälper honom att lägga sig i sängen och ger honom ett täcke.

För mig har det alltid varit viktigt, tänker han nu medan han blundar och känner att sömnen långsamt omsluter honom, att inte hamna i en sjukdom som inte tillåter att kämpa emot. Jag har hamnat i och samtidigt skapat en värld som på en gång finns parallellt och blandas med den stora och inte mer verkliga. Jag är medveten om det! Min värld har ett innehåll, den är ingen illusion. Den är inte tom! Om den varit tom skulle jag varit sjuk. Jag skulle ha lidit av en sjukdom som jag inte skulle kunnat kämpa emot.

Hur kan han vara säker på att hans värld inte är en illusion? Ja, han har träffat tusentals och tusentals som han.

Vi blir fler och fler. Vi är realitet! Det är bara så att jag distanserat mig fysiskt från dem. Mitt ego tillåter sig inte kategoriseras! Det är både min svaghet och min styrka.

Det var igår kväll han smög in i huset. Stormen var så stark att inte ens den täta skogen kunde skydda honom. Huset var egentligen en stuga och om han vetat att den inte var övergiven hade han inte gått in. Dörren var olåst och han steg in utan att knacka på. De sov och kunde inte höra honom och han kunde inte se dem för det var fullständigt mörkt. Det enda han kunde göra var att stänga dörren efter sig och lägga sig ner på golvet bredvid den.

På morgonen fann de honom sovande; hopkrupen på den tunna, breda och bleka dörrmattan. De var varken särskilt rädda, för han sov, eller förvånade, för det var inte konstigt med objudna gäster efter ett sådant oväder; och när han vaknade kunde de snabbt hitta ett gemensamt språk. Danilo var hans namn och värdarna Julia och Oliver bjöd honom på en kopp varmt te och ett par skorpskivor med björnbärssylt.

Han var vandrare, han vandrade ensam och inte ens en hund hade han i sitt sällskap. Därefter sade han att han betraktade världen och händelser i den men höll sig utanför. Han såg inte heller sig själv som något vittne. Aldrig hade han papper och penna med sig; dock kunde det då och då hända att han skrev en eller två tankar med en tegelstensbit på någons gärdsgård, ett träd eller en gata; bara så där, i förbigående. Danilo sade vidare att han ville vara ensam, vilket inte betydde att han gömde sig från folk: han vände sig till dem om så behövdes och bemötte dem om de vände sig till honom. Det hade inte alltid varit så, men nu var det så; och det störde inte honom nu lika som det inte störde honom när det inte varit så.

Han berättade för dem att han gick långsamt, att han kunde gå långt till fots och att tunga skor inte var honom till besvär. Aldrig och ingenstans under de sista tre åren hade han bråttom, vilket var en förklaring till varför stormen hann honom några kilometer innan han hann komma till närmaste bebodda platsen.

"Att aldrig komma fram är det viktiga för mig."

Han hade inget pass, men kunde röra sig fritt från en till en annan stat.

"Hur lyckas du med detta?" frågade Julia.

"Fråga inte", svarade Danilo, "ibland är jag mycket skicklig". Sålunda kunde magi och illusion vara till hjälp.

Han sade att en dag för tre år sedan suddades hans land bort från världskartan.

"Suddades bort?! Hur är det möjligt?"

"Visserligen är jag magiker men det är bara de stora magikerna som kan göra så."

Därför bestämde han sig för att ge sig av.

"Om jag inte kan finnas där, då ska jag finnas överallt", sade han till slut.

Sedan berättade Julia att hon och hennes storebror bott i stugan i mer än tre år; att de bodde ensamma här och att det passade dem.

Hon tyckte det var intressant att han hade vandrat lika länge som de hållit sig till den här platsen. Av denna anledning förväntade sig syskonparet att han skulle berätta för dem lite mer om sig själv.

Men Danilo gjorde inte det. Han hade sagt exakt så mycket han avsett att det skulle vara nödvändigt.

Efter att han hade druckit färdigt teet reste han upp sig med avsikt att fortsätta sin väg. Han var en vandrare och stannade aldrig någonstans längre än en natt.

Då började han plötsligt darra av feber och blev tvungen att stanna kvar.

Han har druckit upp ytterligare en kopp varmt te och nu är han täckt med två täcken. En främmande kvinnas ljusblåa ögon betraktar honom, vänligt, men han ser en ovanlig glimt i dem. Vackra är de också.

Allt omkring honom ser vackert och behagligt ut. Allt omkring känns bra, det är bara han som inte mår bra.

Han hör ytterdörren öppnas. Det hörs knappt men ändå hörs.

Till ett mjukt leende förvandlas Julias ansikte, det är hennes bror Oliver som går ut.

"Oliver har gått ut och tar sin vardagliga förmiddagspromenad", säger hon.

Hon lägger sin vänstra hand på Danilos panna och konstaterar att febern verkar ha försvunnit.

"Är det redan eftermiddag?"

"Nej, det är fortfarande förmiddag", svarar hon.

Hennes röst behagar Danilo. Han vill fortsätta lyssna på den och hoppas på att hon kan läsa önskan i hans ögon. Det verkar som om hon kan göra det.

Hon fortsätter tala med viskande röst:

"Jag har bara Oliver och han har bara mig. Ingen annan finns i den här världen för oss. Vi behöver lika mycket varandra. Och vi båda behöver ensamhet; han på grund av sin rädsla, jag för att skriva."

Danilo känner hur värmen stiger i hans kropp. Julia talar nästan utan paus och han upplever det som om hon småsjunger. Han skulle vilja veta mer om hennes skrivande men är rädd för att hon kunde uppleva det som påträngande och frågar inget.

Hon lägger däremot inte märke till hans önskan och fortsätter berätta om Oliver:

"Min bror lider av rädsla att han närsomhelst kan bli knivskuren. Han är en som aldrig förmått motsätta sig någon eller något. Sist sårades han så illa att han nästan dog. Varje gång var han de olyckliga omständigheternas offer. Det är sant! Men han tror fortfarande att allting varit välplanerat och det är omöjligt att övertyga honom i det motsatta."

"Men hur mår han nu?"

"Han mår bättre nu, vi bor ju ensamma här. Hans rädsla har nästan försvunnit. Sedan vi flyttat hit har vi inte talat om vårt tidigare liv; Oliver vill inte och jag lyckas undvika det, för hans skull."

De hör att Oliver kommer in i den rymliga stugan.

Han går in i rummet och säger att han glömt sina glasögon. De ligger på fönsterbrädan. Ett mjukt leende är fortfarande på Julias ansikte men hon har slutat tala. Oliver tar långsamt näsduken ur byxfickan, står så en stund och torkar glasögonen, efteråt lämnar han stugan igen.

Danilo darrar inte längre, han skulle kunna somna; han minns inte när han var så utmattad sist. Julia går bort ifrån hans säng och lämnar rummet. Han sluter ögonen

Någonstans mellan sömn och vakenhet tänker Danilo:

Det absoluta nuet! Och allt är ovisst till följd av det. Kommer det att bli som i en berättelse eller som i livet vet jag inte. Jag har vandrat i tre år nu. Jag själv är rädd för det vissa - den färdiga berättelsen. Lika som jag hade rädslan i det gamla livet, har jag också den idag. Rädslan är bara annorlunda nu, jag skulle inte vilja bli av med den. Det är rädslan för slutets närhet, för den berättande slutgiltigheten, för själva slutet. Det vissa kan leda mig till slutet.

Därför gå långsamt bara! Inga tvärvägar! Det är mitt inre imperativ.

Varför ska jag befria mig från den nya rädslan när den förstärker mig i min kamp mot den gamla? brukar han resonera.

Varje gång han ställer sig inför denna fråga växer hans tro på att den nya rädslans långvarighet och styrka gör honom mer uthärdlig. För om han inte hade kunnat utplåna den när det behövdes kunde han åtminstone förvandla den gamla till den nya.

Jag vill inte bli en annan människa utan bara leva med den nya rädslan, den mer passande, tänker han nu som han tänkt under de sista drygt tre åren. Samma människa, befriat genom rädslans nya innehåll!

Däremot fortgår allt genom Danilos ständiga självtvång, en rutinerad medvetenhet om en konstruktion. Det är väldigt lätt att hitta ett exempel på detta i en tillsynes banal händelse som skett nyligen.

Vid den tidpunkten kände han sig allt mer trött på den ständiga vandringen. Kroppen var på väg att ge upp. Medan han var på väg att passera en stor stad i ett vem vet vilket land glömde han för ett ögonblick att han gick mållöst. Han glömde att brådskan var det som han ville undvika. Natten var mild och himmelen var klar, och gatan var tom när han fick se en ljusblå cykel slängd på trottoaren. Eftersom staden var stor var han inte säker på att han skulle hinna lämna den före gryningen. Han kom fram till cykeln och lyfte upp den. Efter en kort granskande kunde han konstatera att den var i funktion: styrstången var i gott skick, kedjan och hjulen verkade vara oskadda ... Han betraktade cykeln ett tag, därefter vägen framför sig. Med glädje tänkte han att denna enkla utrustning skulle kunna bära honom i minst femtio mil. Försäkrad om att det inte hade funnits någon i närheten satte han sig på den och började cykla. Han cyklade allt fortare. Men efter knappt tre minuter vände han sig om och riktade blicken mot den platsen han startade ifrån. Han tittade igen på den tomma och välvårdade gatan framför sig och därefter på startplatsen igen.

På tre år har jag inte fortare passerat en så lång sträcka, tänkte han.

Detta faktum gjorde honom så illa till mods att han nästan ramlade ner från cykeln. När han samlade sig tvärbromsade han och steg ner från den. Han gick långsamt tillbaka och lämnade cykeln där han hade hittat den. Han vände sig sakta om och gick långsamt därifrån. Då kände han sig lugnare.

Då förstod Danilo att det var han själv som han svårast av allt och alla skulle övervinna på sin frihetsväg. För om han bara för ett ögonblick hade känt ett spontant behov av att hinna någonstans betydde det att ansvarskänslan fortfarande fanns i honom. Att den inre rösten ännu fanns i honom betydde inte bara en vana eller hans naturs sak utan också att den gamla rädslan inte helt försvunnit ur honom, att den inte fullständigt omvandlats till den nya. För hans ansvarskänsla var så förknippad med den gamla rädslan. För hans ansvarskänsla var också för-

knippad med hans kärlek för något som inte
hade funnits länge. Den hade varit en återkom-
mande ballast för honom i dessa tre långa år.
Alla borde känna ansvar, men bara om alla
kunde påverka saker och ting; eller om alla
kunde känna något för saker och ting, brukade
han tycka. Han trodde att det var omöjligt nu.
Danilo ansåg att hans makt låg i ansvarslöshe-
ten.

I **en timme** har han legat med slutna ögon men inte somnat. Han vänder sig på ryggen och riktar blicken mot taket. Han har vandrat i tre år nu och tappat vana att göra något annat. Men det stör honom inte; det skulle störa honom att vara tvungen göra något.

Hans kropp är däremot inte svag av sysslolösheten, den är uthållig av flerårig vandring. Hans kropp är mager och senig. Men han tänker inte på sin kropp. Han tänker annat. Han är nöjd med att han kan sluta tänka när som helst när han precis påbörjat tänka på vad som helst. Han är nöjd med att han kan sluta göra något som han just påbörjat göra. Han är nöjd med att han kan plötsligt påbörja göra något som han inte alls tänkt göra och som han inte behöver avsluta.

Han vänder huvudet mot dörren. Den är öppen. Julia sitter kanske i sitt rum och skriver. Oliver promenerar kanske fortfarande i skogen. Det finns inga knivar där.

Danilo vet inte vad Julia och Oliver egentligen gör just nu. Han hör mjuka steg och vet att de är Julias. Hon går in i rummet och sätter sig på sängkanten. Hon småler inte som tidigare men hennes ansikte utstrålar en underlig glädje.

Danilo vänder huvudet mot väggen och kastar blicken på väggklockan.

Hon är tolv. Det är septembermånad, året är 1995.

Nej, det är oktobermånad 1995.

"Det är nog ettusentvåhundra dagar idag sedan min bror och jag flyttat hit", säger Julia och reser sig upp från sängkanten.

Danilo ligger på sin högra sida och betraktar Julia. Hon har en ljusblå munkjacka och ett par träningsbyxor på sig, håller händerna i fickorna och går tvärs över rummet på ett maskulint sätt. Hon är inte precis lång.

Ja, hon är ganska kort, men har vacker figur, tänker han.

"Det är en lång period", säger han därefter, "för att vara ständigt på en plats, åtminstone för mig"

"Det är kanske inte så stor skillnad mellan vandring och stillastående."

"Kanske... förresten sitter vi i samma rum nu", säger Danilo.

"Vad gjorde du under din vandringstid?"

Min vandringstid pågår fortfarande, tänker Danilo svara men gör inte det. Jag behöver inte vara så petig och förstöra hennes iver.

"Att vandra betyder att inte göra något. Det är bara att gå", svarar han och känner svagt missnöje med det här samtalet.

"Okej", säger Julia ivrigt, "lyssna noga och hjälp mig nu. Dela det nämnda antalet dagar med fem!"

"Ja, jag har gjort det."

”Och hur mycket fick du?”

”Tvåhundrafyrtio.”

”Exakt. Finn nu skillnaden mellan detta nummer och femhundra och sedan multiplicera resultatet med fem!”

”Ettusentrehundra om jag räknat rätt”, svarar Danilo.

”Just nu har du räknat ut det antal dagar jag planerat stanna kvar här”, säger Julia euforiskt viskande.

”Det är ganska långt kvar.”

”Ja, det blir tre och ett halvt år kvar.”

”Vad handlar det om, om man får fråga?”

”Utom Oliver vet ingen det men det är ingen stor hemlighet. Och nu vet du historiens första halva.

”Berätta för mig den andra halvan då.”

”Det finns så mycket att berätta men det kan ändå berättas i några få ord”, säger hon och sätter sig igen på sängkanten.

”Får man höra dem?”

”Jag skriver korta berättelser. Var femte dag kommer en ny. Det är allt.”

"Jobbigt uppdrag, eller hur?"

"Ibland är det väldigt jobbigt, men det skänker mig ett stort nöje och, som är väldigt viktigt, allt går som planerat. Och planen är en samling av femhundra berättelser; en till två sidor långa, inte mer. Nästan hälften av jobbet är avslutat. Just nu har jag avslutat min tvåhundra fyrtionde historia och tro mig att tröttheten inte gör min glädje mindre. Sådan trötthet skulle ingen ha något emot… Har du försökt skriva något någon gång? Berätta!"

"En gång i tiden", svarar Danilo tankfullt och ler litegrann, "som gymnasie- och universitetsstuderande skrev jag poesi. Ibland tyckte jag att det var fina dikter. Till och med framför mina vänner, måste jag erkänna nu, bemödade jag mig skapa intryck om mig som en sann poet. Idag är det drygt fem år sedan jag skrivit något."

"Jag har aldrig givit ut något, men det här har jag avsikt för. Har ni haft möjlighet att publicera något?"

"Ytterst lite, bara två tre dikter i en lokal litterär tidskrift. Ärlig talat har jag aldrig sett mig som en poet, det var bara en ungdoms hänförelse."

"Oliver är mitt största stöd. Han är min personliga kritiker och det ger mig styrka att fortsätta. På kvällarna läser han det skrivna och på morgnarna lyssnar jag tålmodigt på hans intryck och omdöme. Visst ändrar jag aldrig det skrivna men utnyttjar hans anmärkningar i mina kommande historier. Han säger att hans skogspromenader och läsning av mina historier gör honom stabilare; och verkligen, så som dagarna och månaderna kommer och går tycks det mig att han mår bättre och bättre, att Oliver faktiskt blivit frisk. Vi har fått våra rutiner och därmed känner vi oss tryggare och tryggare."

"Det är trevligt att lyssna på dig", säger Danilo, och förväntar sig en respons från henne men hon reagerar inte alls på hans ord.

En kort och helt spontan paus uppstår.

Julia tittar någonstans över honom, men inte i fjärran. Glädjen på hennes ansikte sitter kvar. Han iakttar henne och det tycks honom inte att hon är på något sätt frånvarande. Hennes ögon lyser och de är inte främmande för honom längre, kanske allt det okända som omger henne, men nu och här så nära honom är hon inte främmande. Det som förvirrar honom en smula är en, om än mjuk, diskrepans mellan innehållet i hennes berättande och den känslomässiga distansen i hennes röst. Han försöker föreställa sig hennes ansikte medan hon skriver men det går inte. Hur han än anstränger sig får han inte fram den bilden. Han ger upp.

I nästa stund ligger han med huvudet stött mot sin högra handflata och fortsätter betrakta henne. Hon låter honom göra det.

Men det är bara en kort paus i deras samtal och Danilo avbryter den med en fråga:

"Varför stannade du inte där och försökte skriva?"

"Jag precis som Oliver behövde vara ensam."

"Det tycks mig som om ni också var ensamma där."

"Vi var inte ensamma där, säger Julia, men vi kände oss ensamma. Här är vi ensamma men vi känner oss inte ensamma."

"Har ni inga nära släktingar?"

"Min mamma dog för tre år sedan."

" Och er far?"

"Oliver minns honom, jag gör inte det. Min far försvann helt enkelt innan jag hann komma i den åldern jag kunde vara i tillstånd att komma ihåg honom. Min mamma hade alltid undvikit nämna honom, och jag minns inte om jag någonsin frågat efter honom… Hans frånvaro har inte påverkat vårt materiella tillstånd … Tycker du att jag haft annorlunda uppväxt?"

"I alla fall har jag inte haft en sådan."

"Hur var den då?"

"Den största delen av mitt liv gick som det skulle, eller som det tycktes där och då att det skulle gå. Och det hade varit bra om det fortsatte vara så."

Efter att Danilo har svarat fortsätter Julia tala om sin mamma.

"Sista två åren av sitt liv var min mamma blind", säger hon och berättar om den, sin mors blindhet. Att den inte kom oväntad. Att den hotade henne i åratal, och att hon och Oliver kände till det. "En morgon för fem år sedan vaknade jag och min bror och fick veta att vår mamma inte kunde se oss längre. Hon satt som vanligt vid köksbordet och informerade oss om att hon vaknat blind. Från första början var hon inte medveten om det, hon trodde att hon vaknat mitt i natten, att hon alltså inte kunde se på grund av mörkret. Men det tog henne inte så lång tid att förstå vad som hänt. Vi var mer rädda än hon." Julia berättar vidare att modern bad dem att inte oroa sig för hennes skull för hon hade förberett sig för denna dag under en lång tid. Förberedelserna bestod av att mäta avståndet till alla de platserna hon brukade vistas på eller besöka. Hon räknade steg och deras antal skrev hon ner i ett anteckningsblock. De nerskrivna stegantalen läste hon i omgångar och så småningom memorerade hon alla dem. "Alla dessa avstånd kvalificerade hon i två grupper. Den första gruppen bestod av alla de registrerade avstånden mellan hennes sovrum - som hon bestämt som alla sina rörelsens utgångspunkt - och alla de övriga rummen i huset. Det kan exempelvis nämnas att avståndet mellan hennes sovrum och köket var fjorton steg, här inräknade hon alla svängningar till vänster eller höger. Den andra gruppen bestod av alla avstånd mellan hennes sovrum och alla platser utanför hemmet." Julia säger vidare att beviset för hennes mors förberedelser inför blindheten var ett par svarta glasögon och en blindstav, vilka hon skaffat ett år tidigare. "Mamman bad också Oliver skaffa en ledarhund. (Just då hade han återhämtat sig från de skadorna han fick när han var knivstucken för andra gången, men forfarande hade inte fått ångestattacker). Hunden hette Cesar och var stor och svart. Under årets varmare dagar gick vår blinda mamma ut i långa promenader med Cesar. Hon lät inte oss följa med. Cesar gjorde att vi glömde att mamma var blind. Hon kände sig absolut säker i den beskyddande hundens sällskap. Största delen av sin tid däremot tillbringande hon i sitt sovrum, som också blivit hennes vardagsrum. Där brukade hon lyssna på kassettböcker medan Cesar låg på golvet och drömde. Varje morgon vid frukosten läste vi tidningar för henne. Jag var 18 år då. Oliver var fyra år äldre än jag." Julia avslutar sitt berättande med att säga att deras mamma inte vaknade en dag, inte lång tid efter att hon hade blivit blind. Hennes Cesar dog kort tid därefter.

Danilo ger inga kommentarer.

”Var är dina föräldrar nu? Går det bra för dem? Tror de på din återvändo? Bad de dig om att stanna? Var det plågsamt att skiljas åt?”, öser hon honom med frågor.

Han börjar svara men plötsligt drar han henne till sig och ger henne en kyss. Hon tar emot den.

”Tiden är för lunch”, säger hon därefter och går.

Han följer henne med blicken tills hon försvinner ur rummet.

”Hur skaffar ni maten?”, hör hon hans röst.

”Det är väl ingen konst”, hör han hennes röst.

Efter lunchen sitter Danilo på en gammal trästol utanför stugan och minns en av sina bästa vänner. Vännen hette Jordan. Danilos minnesbilder av honom strömmar bara in - fragmentariska och icke-kronologiska men hans hjärna skapar snabbt en fyraårig och oförglömlig historia av deras vänskap.

Samtidigt iakttar han skogen omkring sig och fäster blicken vid en smal väg som förhoppningsvis leder till staden.

Vad spelar det för roll vad den leder till? Ingen alls!

Sedan återvänder han till stugan men stänger inte dörren efter sig. Julia har avslutat sin historia och han hoppas att hon somnat nu.

Hon måste vara i en djup sömn nu, antar han.

Från den lilla fyrkantiga korridoren kan han se Oliver, liggande på en liten sovbänk i köket. Egentligen ser han bara hans fötter i ovanligt tjocka strumpor.

Han måste vara i en djup sömn nu, antar han.

Han går in i sitt rum och letar efter sin tjocka men slitna mörkbruna skinnjacka, hittar den under sängen och klär den väldigt fort på sig. Han känner sig otålig och hans rörelser blir allt snabbare. I den varma jackans övre innerficka hittar han ett cigarettpaket. Med pekfingret försöker han hitta en cigarett i det. Det är tomt. Inga cigaretter! Han känner nästan panik och rör feberaktigt med fingret i paketet en gång till.

"Nej, det finns en till", viskar han med lättnad för sig själv."

Försiktigt, på tår, går han ut ur stugan, för ett ögonblick hämmar sin första impuls, sätter sig på samma plats igen och tänder cigarretten, tar några djupa bloss och därefter kastar den på den fuktiga grön-bruna skogsmarken. Han reser sig långsamt upp och trampar några gånger på den för säkerhets skull och till sist går beslutsamt mot den smala vägen han betraktat några minuter tidigare.

Nu går han på den sagoaktiga skogsvägen och lämnar de vajande ormbunkarna bakom sig. Det tycks som om han väckt dem och nu vinkar dessa sömniga skogsväxter farväl till honom. Det är ingen skymningstid men skogens mörker gör som om det är den.

Härligt, tänker han i sitt försök att övertyga sig själv, nu kan jag gå resten av dagen och hela natten. Först tidigt på morgonen kommer jag att hitta en sovplats.

Julia och Oliver, två sympatiska, gästvänliga och anspråkslösa människor, kommer in i hans tankar.

”Jag måste göra så här”, viskar han. ”Lämnar jag dem inte nu då kanske får jag lust att stanna kvar för alltid.”

Ja, redan i morgon kommer de inte att minnas mig, tänker han. Förresten intresserar det mig överhuvudtaget inte om de kommer att undra vad jag tagit vägen utan att säga tack och adjö. Jag kom oväntat och jag går på samma sätt.

Han är fast övertygad om att han lämnar denna gömda och glömda plats för alltid. På likadant sätt har han gjort så oräkneliga gånger tidigare. Men det är också sällan någon plats han behållit sig på som han gjort på den här. Han vill tro att han upplever nästan samma känsla som när han lämnade allt för tre år sedan.

Han tänker:

När en människa bär en last går han skyndsamt för att så fort som möjligt lämna den på destinationsplatsen och underlätta sitt tillstånd men jag känner mig befriad från alla bördor och går med långsamma steg igen. Jag känner mig befriad från alla minnen av den tiden jag var sårad. Det skönaste är att gå utan farväl! För övrigt var allt detta bara ett löjligt och harmlöst möte. Ett icke-minnesvärt möte!

Plötsligt flyger en fågel iväg ur buskana bakom honom och vägen framför honom reser sig upp som om den vill nå den grå-färgade och ogenomskinliga himlen. Nästan i samma ögonblick försvinner både vägen och himlen och han hinner inte ens känna hur den smala vägen slår mot hans ansikte. Och det uppstår ett fullständigt mörker.

Två: och den förvirrade hunden

Att han säkerligen slagits medvetslös drar
Danilo slutsatsen först åtta timmar senare när
han vaknat för andra gången.

När han vaknat för första gången frågade
han sig inte vad det var som hänt, för han hade
inte ens anat att något överhuvudtaget hänt. I
första början kunde han inte känna igen det
rummet han befann sig i. Så småningom kunde
han känna igen saker omkring sig men kunde
inte sätta dem i sitt sammanhang. Och när han
äntligen kände igen rummet trodde han att han
vaknat efter febern. Han försökte stiga upp men
en skarp smärta i huvudet kastade honom till-
baka i medvetslöst tillstånd igen.

Nu är han vaken för andra gången och vet att något åtminstone hänt. Den smärtande svullnaden i bakhuvudet förklarar mycket om än inte tillräckligt. Han öppnar ögonen och med blicken riktad mot vänster letar efter väggklockan och ser den först när han vänder blicken till höger. Nu uppfattar han att alla saker som han sett efter att han vaknat första gången roterat för hundraåttio grader.

Det måste ju vara så, tänker han, jag har aldrig tidigare varit medvetslös och det verkar som om den här gången det hänt.

Julia går in i rummet och säger:

"Det verkar som om du är tillbaka igen. Jag har varit här några gånger och du antigen sov tungt eller pratade i sömnen. Till och med kräktes du en gång."

"Jag förstår ingenting", säger han, "och förväntar mig en bra förklaring av dig och din bror."

"Du kommer inte att få en bra förklaring av mig; vi hittade dig helt enkelt liggande, inte långt borta från stugan, och det är allt."

”Är det allt?”

”Ja, nu ska du få ytterligare en tablett mot huvudvärk. Och kom ihåg: för Oliver mådde du illa och bara svimmade. Och du minns ingenting.”

Danilo gör inte heller det.

”Jag gör inte heller det… men hur hittade du mig?”

”Får han för sig att du varit angripen”, fortsätter hon att tala utan att svara på hans fråga, ”då hamnar han i ett tillstånd som jag inte vill föreställa mig.”

Danilo sover följande två timmar. Sedan vaknar han och fortsätter ligga vaken medan timmarna går och solen dyker upp eller försvinner bakom molnen som flyter högt upp över skogen.

Efter fjorton timmar sitter han på stolen utanför stugan, utan att betrakta eller begrunda något bestämt. Det tycks honom som om han är återställd men känner sig fortfarande tryggare när han sitter.

Och han sitter. Samma minnen som igår.

Det är den sista förmiddagstimmen och Oliver återvänder från sin regelbundna promenad, kommer fram till Danilo och småler.

"Jag undrar om du orkar tala lite med mig?", frågar han anständigt och sätter sig ner på marken bredvid honom.

"Ja, det gör jag", svarar Danilo. "Varsågod!"

Oliver är tyst en liten stund och därnäst säger:

"Hösten känns i luften, eller hur?"

"Ja, det gör den."

"Ni kan alltså det där, va?"

"Vad, att känna höstens lukt?"

"Nej, för det behövs ingen särskilt luktsinne, tror jag. Jag tänkte på denna konst eller magi, hur man än kallar den."

Danilo kastar en vänlig blick mot honom och sedan riktar blicken mot träden framför sig.

Han och Jordan var olika i många avseenden. Jordan var en riktig snille, den bästa studerande i sin generation, medan han var medelmåttig med avsevärt svagare ambitioner än vad Jordan hade men de kände absolut ingen förbehåll inför varandra och de umgicks utan att diskutera sina studieframgångar. Detsamma gällde pengar: när Jordan inte hade dem hade Danilo dem, och tvärtom. Danilo studerade juridik, Jordan fysik och de, som de flesta unga människorna, drömde om att förändra sitt hemland när de en dag blir färdiga med sina studier. Samtidigt trivdes de med sitt dåtida levnadssätt och ville inte att studietiden skulle ta slut så fort.

"Ja, jag kan väl lite av det," svarar Danilo på Olivers fråga, "men sällan använder jag mig av sådant, bara när det är nödvändigt."

"Var ligger knepen?"

"Det kan jag inte ge ordentligt svar på."

"Visa mig något av det!", säger Oliver med ivrig röst.

"Varför? Det är bara en illusion!"

"Snälla, jag är hemskt nyfiken", säger Oliver ännu ivrigare och tillägger: "Jag anser att man ibland behöver bli bedragen. Det är mindre farligt än att bedra sig själv."

Sedan kom olyckan. Och som alla olyckor kom den plötsligt. Det var en synvilla i form av en svart fågelflock som flög direkt mot hans ögon. Jordan fick nervsammanbrott och blev svårt själssjuk. Att alla måste dö en dag kan ses som en tröst, döden är oundviklig och det gäller alla, men människan är inte nödvändigtvis dömd till en sådan sjukdom och händer det blir då tragedin större än att drabbas av döden.

"Okej", säger, han, "var snäll nu och hämta åt mig de två kokta äggen. Där borta, knappt en meter från dig."

Oliver vill säga att det inte kan finnas några kokta ägg i närheten men just då ser han dem.

"Verkligen, det är ägg", säger han och hämtar dem. "Hur kunde du till och med veta att de var kokta?"

"Det är oväsentligt. Låter du mig fortsätta?"

"Visst! Visst!"

"I så fall kolla vilket av dem är hårdast!"

Oliver slår dem mot varandra men inget av dem spricker.

"Vad är det för ägg?"

"Försök en gång till! I alla fall måste ett av dem vara hårdare."

"Titta, jag gör det en gång till och en gång till! Ingenting!"

"Konstigt, va?"

"Konstigt!"

I första början hoppades Danilo och alla till Jordans nära och kärra att Jordan skulle återhämta sig; att med tiden skulle den unge mannen själv skratta åt sina hallucinationer.

Under de några veckors sjukhusvistelsen var han besökt av minst två, tre släktingar eller vänner varje dag. Han själv var så ofta på gott humor att det kändes som om allt snart skulle blir en glömd historia.

"Orkar du inte krossa ett ägg?"

"Det verkar så! Men vad är det för ägg egentligen?"

"Kasta dem", säger Danilo, "det är inga ägg, bara två alldeles vanliga vita stenar."

"Hur bar du dig åt? frågar Oliver skrattande och släpper två vita stenar ur händerna. "Vad gjorde du egentligen?"

"Bara det du bad mig om."

"Men hur?"

Danilo är först tyst någon sekund.

Jordans tillstånd blir däremot allt sämre. Sjukhusbesökarna blir allt färre och deras besök är allt glesare. Förutom de några få kommer inga fler på besök till slut. Danilo börjar inse att hans vän är förlorad för alltid men han fortsätter kämpa för hans dignitet med en påfallande naiv optimism. Ett litet spår av hoppfullhet ser han i Jordans önskan att klara sin sista examina. Han får inte tillåtelse att tillträda universitetets provrum och därför startar Danilo en kampanj för Jordans rättigheter. Han bokar till och med ett möte med rektorn, men hans vädjan till medkänsla blir inte hörd. Att hävda att ingen skada kommer att ske om en mentalsjuk får sin kandidatexamen blir inte accepterat.

”Jag ville bara att det skulle ske så”, svarar han.

”Vem lärde dig det?” frågar Julias bror.

”Ingen. Det kom av sig själv.”

”I hur många år har du haft denna förmåga?”

”I lika många som jag vandrat. Och det var underligt för mig med. Idag inordnar jag däremot det i den kända regeln att varje ont bär med sig något gott. Ger man mig en bättre förklaring accepterar jag den"."

"Varje människa skulle önska sig den här förmågan", säger Oliver. "Om jag kunde utföra det bara tre gånger i mitt liv! Eller åtminstone en gång, när det mest behövdes."

"Jag missbrukar inte det som jag kan", säger han, "med undantag när det visar sig nödvändigt, för att klara min existens."

"Jag måste erkänna att jag känner mig trygg med dig."

"Du är riktigt trevlig och vänlig."

"Jag är varken mer trevlig och vänlig eller otrevlig och ovänlig än någon annan".

"Jo."

Just denna dag när han upprörd lämnade rektorskontor försvann Jordan. Sökandet efter honom gav inga resultat. Allt mer blev Danilo övertygad om att Jordan inte levde längre. Men en tanke uppstod i hans huvud då, vilket kommer att ha avgörande inflytande på hans liv några år senare när han bestämde sig till den eviga

vandringen. Om Jordan valt döden genom för-
svinnandet då är det kanske inte någon död.

Så tänkte han då. Så tänker han ibland nu.

Återstoden av dagen tillbringar Danilo ensam. Han varken gör något eller rör på sig. Men han vet inte hur det är att ha tråkigt. Han ligger bara en tid; en stund håller han ögonen slutna, sedan öppnar han dem. För bara ett ögonblick ställer han en fråga till sig själv:

Vem var det som slog mig medvetslös?

Men det är bara för ett ögonblick och denna fråga är ute ur världen. Han överlevde och allt annat kan bara vara ett onödigt besvär för hjärnan.

Han vet att sådana som han inte kan ha fiender. Inte heller vänner. Det är sorgligt men så är det med honom nuförtiden. Det struntar han i. Det är en massa vägar framför honom - där

56

den ena slutar fortsätter den andra. Han har kopplat alla sina vägar i en enda - den stora vägen, men inte berövat de andra deras.

"Världen är trots allt stor och det finns plats för alla", viskar han.

Att hans hår har vuxit ut lägger han märke till och stiger upp från sängen, hittar en sax på toaletten och klipper håret. Skägget klipper han också och sedan rakar sig. Han kastar en blick på sitt ansikte i spegeln. Nu ser han någorlunda yngre och skötsammare ut.

"Jag tror att jag också ser snyggare ut", säger han högt och skämtsamt för sig själv. Nästan hela dagen har han inte tagit kontakt med Julia, utom en kort stund under lunchen. Hon har också hållit sig förbehållsamt.

Hon känner sig kanske sårad för att jag försökt lämna dem på ett så oanständigt sätt. Danilo tänker vidare: För henne var det rena flykten, för mig en naturlig handling. För henne var det kanske förolämpning, för mig kanske lättnad.

"Du har återställt dig rätt så bra", säger hon vid middagen. "Du orkar väl vandra vidare nu?"

Danilo orkar inte svara på Julias suggestiva fråga och undrar om Oliver inte ställt samma fråga vid lunchen.

"Vem vet om vi ses i morgon igen", tillägger hon och han känner faktiskt inte sarkasm i hennes röst.

Trots tonen i hennes uttalande misstänkte Danilo att hennes ord ändå kunde betyda slutet på hennes gästvänlighet.

Eller så förväntas hon något svar av mig, tänker han.

I alla fall kommer han inte heller med något svar på den här frågan.

Allt jag säger kan vara bindande för mig, tänker han.

Oliver är tyst hela tiden, som om han inte finns där, men Danilo lägger märke till att han är på gott humör.

"Är det verkligen sant att du aldrig stannat någonstans längre än ett par dagar?" frågar Oliver plötsligt.

"Nej, det är faktiskt inte sant", svarar Danilo och kastar en blick mot Julia. "Det var i början av min vandringstid. Jag vet inte själv hur jag hamnat på en mottagningsplats för sådana som jag. Vi var många där och vi kom från hela världen. De som fick i uppdrag att ta hand om oss var verkligen trevliga. Och vördnadsfulla, inget att invända, utom att de var för vördnadsfulla, så vördnadsfulla som om vi var barn. En stor del av oss fann sig väl tillrätta med det."

"Men inte du", säger Oliver

"Men inte jag", bekräftar Danilo och fortsätter: "Alla vi hade tillfället att lära oss ett nytt språk, men att också repetera vissa grundläggande kunskaper."

Han gör en liten paus, småler och sedan säger:

"Våra värdar var hövliga. Om någon av oss exempelvis började skriva då brukade dessa vänliga människor komma fram och nästan hålla i den behövandes hand och styra den för att skriva bättre. Det störde mig och jag lämnade denna plats efter knappt en månad."

Oliver säger att historien låter väldigt lustigt - kanske lite överdrivet gällande scenen med handen - och kämpar mot att brista ut i skratt.

Det är en ny dag nu och vid samma tid som igår sätter sig Danilo på samma stol utanför stugan. Han mår utmärkt, tittar någonstans mot det obestämda och utsätter inte sin hjärna det minsta för något mödosamt tänkande, utan bara sitter och sitter, och känner lukten av de ruttna lövens dunst.

Och vid samma tid som igår återvänder Oliver från sin regelbundna skogspromenad. Och med samma leende som igår närmar han sig till Danilo och med samma anständighet som igår ber om ett litet samtal och sätter sig på marken bredvid honom.

"Det är samma väder som igår", säger han, "och det luktar hösten som igår."

”Ja, allt upprepas.”

”Från igår finns du oavbrutet i mina tankar.”

”Det skulle vara bättre att du ägnat dina tankar åt något annat”, säger Danilo, ”men tack i alla fall.”

”Det är första gången jag träffat någon som du”.

”Med hänsyn till ditt sociala liv under de sista tre åren borde det inte vara så konstigt.”

”Jag menar alldeles allvarligt.”

”Okej, då tar jag emot din anmärkning alldeles allvarligt.”

”Det känns som att du är en person man kan lita på.”

”Då är det bra, för dig och för mig.”

”Det betyder ingenting för dig, eller hur?”

Danilo gör en grymmas som signalerar att han inte vet vilket svar han föredrar ge.

”Jag pratar om faran. Jag pratar om rädslan”, säger Oliver.

”Risken för faran finns alltid. Frågan är i vilken grad är den påtaglig. Rädslan finns i alla.

Frågan är om vi kan leva med det, handskas med det.”

”Du är ärlig”, säger Oliver, ”men var inte orolig, dina ord sårar inte mig. Julia talade på samma sätt med mig en gång i tiden.”

”Min avsikt var att avdramatisera vårt samtal”.

”Jag tänker gå rak på sak!” säger Oliver och skär luften med sin vänstra handflata.

”Så ska man göra”, säger Danilo och ler.

”Jag vill säga… du ska veta… för mig är rädslan alltid befogad, till och med när man invänder att min rädsla … rädslan jag känner är bara min fantasis produkt.”

Danilo nickar långsamt.

”Nej, du förstår inte mig. Du tar fel person på allvar.”

”Vad menar du med det, Oliver?”

Oliver svarar inte, utan säger:

”Ibland vill jag försvinna.”

”Och ändå finnas till, eller hur?”

”Exakt!”

"Tro inte att det bara är du som vill ha det så", säger Danilo, mer för sig själv.

"Försvinner jag då försvinner rädslan."

"Då är det här den rätta platsen för dig, vågar jag säga."

"Kanske, men något måste hända! Det är nödvändigt!"

"Det är förtidigt, min vän", säger Danilo, igen mer för sig själv.

"Önska bara det!"

Jag vet inte om jag förstår honom, tänker Danilo. Vi avser olika saker: Oliver har trasslat sig in i de lokala, jag har mot min egen vilja kastats i de globala… ha ha ha. Dessutom kan jag fortfarande nästan ingenting om det globala. Det finns gott om tid kvar för mig att börja lära mig.

"Gärna, men vad?" frågar han därefter.

"Det måste finnas något!"

"Oliver, jag är apatrid."

"Vad? Vad är det för något?"

"Apatrid är en person utan medborgarskap. En statslös person. Jag är inte någon apatrid i ordets rätta bemärkelse, jag har bestämt mig att bli som en sådan och mer än bara så. Jag vill inte vara aktiv på något sätt. Jag vill varken påverka eller vara påverkad."

"Jag skulle gärna vilja göra det, påverka."

"Påverka? Och jag förstår inte hur du kan förvänta dig något sådant i den här isoleringen."

Där avslutas samtalet. De går långsamt in i stugan.

”Nu går jag ut och tar en promenad”, säger Danilo efter lunchen.

Han kan se att Julia är på bättre humör än igår, att hon är barfota, iklädd bara korta byxor och en kortärmad skjorta.

Hon säger att hon gärna skulle vilja följa med, men just nu har starkt behov av att anteckna något, att skrividéer bara strömmar in.

Oliver kastar en snabb blick mot sin lillasyster.

”Kan du vara snäll och komma tillbaka om en halv timme? Jag skulle vilja prata med dig.”

Danilo står vid dörren och svarar:

"Det kan jag, Julia."

Hon är så spontan, tänker han.

Danilo har sovit mest av sin tid här ändå tycks det honom som om hans dagar här blivit längre. Hans dagar här har inte varit längre på grund av tristessen. Han vet vad som dagarna inte gör längre. Men han vet inte vad som gör dem längre.

När han för några dagar sedan gick den här vägen med avsikt att aldrig komma tillbaka ville han egentligen få förhinder. Om han inte kunnat erkänna det för sig själv då kan han göra det nu, åtminstone för ett ögonblick.

Danilo går långsamt i skogen med Julias bild i sina tankar…

Om jag inte blivit slagen medvetslös är jag inte säker om jag inte kommit tillbaka, tänker han medan han går tillbaka till stugan.

Efter en halv timme är Danilo tillbaka.

Han går in i sitt rum.

Julia ligger i hans säng.

Hon ler och han förstår att hon är naken under täcket.

Han står bredvid sängen och väntar tålmodigt på att hon säger något.

"Vi måste vara tysta, säger hon, "annars väcker vi Oliver."

Danilo lägger sig tätt intill henne. Hennes kropp är varm, och hennes ögon lyser ovanligt starkt.

Kort efteråt stiger hon upp ur sängen, klär fort på sig och utan ett enda ord lämnar rummet.

Tidigt på morgonen nästa dag är hon igen i hans säng.

Danilo är vaken. Han somnade tidigt igår kväll.

"Hur länge tänker du stanna kvar?" frågar hon.

"Jag kan gå på en gång", svarar han småleende, "om så behövs."

"Jag menade inte så, jag frågar av oro; jag darrar i hela kroppen av tanken att du inte kommer att vara här om någon dag."

"Vad ska jag säga nu?"

"Säg bara när du tänker lämna oss."

"Om en dag eller två, jag vet inte."

"Och en dag till."

"Hur så?"

"Lova att du stannar en dag längre än du planerat."

"Men jag har inte beslutat fast vilken dag jag ger mig av."

"Bestäm dig då och lägg en dag till!"

"Okej, låt det vara vilken dag som helst plus en dag till."

Det går ytterligare två dagar.

Danilo trivs i syskonens sällskap, men tycker inte om den ordning som finns i hemmet. Oliver promenerar i skogen på förmiddagarna, sover på eftermiddagarna, läser sin sisters historier på kvällarna; var femte dag, som Julia säger, ligger hennes nya historia på skrivbordet. Hon tillbringar sin tid i sitt rum både på för- och eftermiddagarna, nätterna tillbringar hon i Danilos rum. Och Danilo sitter utanför huset fram till lunchen, promenerar på eftermiddagarna, nätterna tillbringar han med Julia. Hon finns i hans tankar hela tiden och det känns bra.

"Är du beredd för en förmiddagspromenad, Danilo?" frågar Oliver.

"Visst är jag det", svarar han till Julias storebror.

Nu stegar de på den smala väg som leder till staden, som kanske leder till staden. Sedan viker de av denna väg och går djupare in i den sömniga skogen.

"Har Julia berättar om vår mamma och pappa för dig?"

Danilo tiger.

"Hon har väl berättat något?"

"Ja, er mamma blev blind och sedan dog hon."

"Att min mors död var en svår upplevelse för oss kräver ingen särskild förklaring, men jag tänker på något riktigt hemskt som hänt innan vi kom hit. Något som i själva verket lett till hennes död. Något som påskyndat hennes död."

"Din syster har inte nämt det."

"Det kan jag förstå, för det var en chock för henne. Att se sin far för första gången efter så många år i ett sådant tillstånd var hemskt! Jag var sex år när fadern lämnade oss. Min syster mindes inte honom, hon hade bara ett par fotografier att se. Bara två foton var det enda som gjorde att hon kunde skapa sig en bild av honom. Varför lämnade han oss? Det vet jag inte. Varför kom han tillbaka efter nästan femton år? Det vet jag inte heller. Men han kom tillbaka. Helt oväntat kom han! Och det borde han inte ha gjort. Vid den tidpunkten var Julia och jag ute. Om vi inte hade glömt låsa dörren skulle säkerligen ingenting av detta ha hänt. Mamman befann sig som vanligt i sitt sovrum medan Cesar låg sömnig på golvet vid hennes säng. Cesar!"

"Du ska väl inte säga det som jag förutsätter du kommer att säga?"

"Just det," bekräftar Oliver och torkar långsamt sina glasögon och fortsätter titta ner efter att han satt dem på sig igen.

"Vilken hemsk händelse!" säger Danilo stegande allt långsammare."Så otroligt och så tragiskt! Jag blir mållös."

"Ödets ironi! Att avsluta sitt liv i huset vars ägare han en gång i tiden var och bli sliten isär av husdjurets käkar kan inte beskrivas på något annat sätt!" säger Oliver, sätter händerna i kors och fortsätter titta ner mot skogsmarken.

Danilo nickar.

"Julia kom hem ett par minuter före mig…"

Danilo nickar och säger:

"Stackars Julia."

"Ja, jag tycker att det är onödigt att beskriva vad hon upplevt då.

Nästa dag vaknar Danilo tidigt, övertygad om att det är hans sista dag i Julias och Olivers hem.

Jag hör definitivt inte hemma här, säger han för sig själv och går till toaletten, duschar och borstar tänderna.

Sedan går han tillbaka till rummet och sätter sig på sängen. Och sitter där en stund.

En enda gång har jag inte varit i Julias rum, tänker han.

Danilo minns hur hon häromdagen sagt att Oliver anser att det bästa skulle vara att ingen gör det. Han minns att han undrade om Olivers uttalande var ironiskt eller hade ett mer allvarligt budskap. Han minns att han inte kunde avgöra detta. Han minns att han inte heller frågade henne om detta.

Vad menade hon med det? Vad menade han med det? undrar han.

För ett ögonblick tänker han gå in i hennes rum medan hon sover men avstår denna tanke.

Julia sover säkert nu, avkopplat, på ryggen, med händerna vilande ovanpå huvudet.

Visst tycks hon honom ovanligt vacker, tilldragande, älskvärd och det känns alldeles naturligt att vara tillsammans med en person som hon: en person som har hittat sig själv.

Men jag måste ge mig av! Vad skulle jag göra här om jag stannar? Vad skulle det betyda att stanna kvar här? Är det mitt försvinnandes plats? Finns det en sådan överhuvudtaget? Betyder det inte: att försvinna är som att vara överallt och ingenstans?

Han lägger sig på ryggen och tittar mot fönstret. Löven och tiden står stilla.

Hon har sitt rum. Jag har inte varit där. I detta rum skriver hon sina historier. Tror hon att hon inte finns för andra när hon gör det? Skriver. Tror hon att hon försvunnit i alla dessa år sedan det hemska hänt; i alla dessa år som hon skrivit; och kommer att skriva?

Löven och tiden står stilla.

Och jag, hur blir det med mig då? undrar han. Skulle jag ställa en sådan fråga om jag hade varit förälskad? Nej, jag är inte kär i henne! Jag måste lämna denna plats för gott! Redan idag! Jag har bestämt mig och så kommer det att bli!

”**V**arför är du** så svettig?”

”Jag visste inte att du varit vaken”, säger han till henne, skrämd.

”Varför är du så svettig?” frågar hon igen härmande Rödluvan när hon frågar den till mormor utklädde vargen

”Jag är inte svettig, jag har precis duschat”, svarar han.

”Säg: För att jag vill se attraktiv ut.”

”För att jag vill se attraktiv ut”, säger han med den utklädde vargens röst.

”Bra!”

"Ska vi förflytta oss till ditt rum? Vad säger du om det?"

Genom den glesare skogsdelen söker sig en stark solstråle, bestämt slår igenom den lilla fönsterrutan och faller ner på brädgolvet rakt mellan dem två och på så sätt skapar en teaterliknande stämning i rummet.

"Varför Oliver bad mig om detta, vet jag inte, men jag har lovat honom att ingen kommer att gå in i mitt rum. Och ett löfte är ett löfte."

"Okej, jag måste prata med honom om detta idag. Allt detta låter så barnsligt. Oliver kan inte få mig att tro något annat."

"Då kan du läsa mina berättelser!"

"Alla, jag vill läsa dem alla!"

"Det skulle inte ta så himla lång tid".

"Vad händer om jag läser bara en om dagen?"

"Jag vågar inte ha sådana förhoppningar", säger Julia och solstrålen försvinner.

Efter lunchen kommer Danilo in i hennes rum.

"Du lämnar oss idag, Danilo, eller hur?" frågade Oliver honom i förmiddags innan han tog sin oundvikliga promenad.

"Ja, det gör jag utan tvekan... men skulle du ha något emot om jag besöker Julia i hennes rum och tar farväl?"

"Det är inte jag som bestämmer det. Det är inte jag som kan förbjuda något. Jag rekommenderar bara inte det."

"Jag vet och tar allt ansvar på mig själv", säger Danilo ironiskt".

Först ser han inget ovanligt i rummet. Det är väldigt sparsamt möblerat: en soffa, ett grönt skrivbord, två svartfärgade stolar, en tom svartgrön bokhylla och ingenting mer. Till höger om honom kan han därefter se en mindre öppenspis. Inne i spisen kan han vidare se något som måste vara en hammare.

En tom bokhylla?! En hammare?! undrar Danilo några sekunder efter att han observerat det och kastar blicken mot fönstret där han ser hur en orörlig ekorre stirrar intensivt mot honom.

Julia sitter vid skrivbordet. Håret är kammat tillbaka och hon har glasögon på sig. Hon ser sömnig ut. Till vänster om henne ligger en vit handväska på golvet. På bordet ligger ett tjockt anteckningsblock i rött skinnomslag. Han ser ingen skrivmaskin. Inte heller någon penna.

Hon säger blygsamt:

"Välkommen, Danilo! Vad roligt att du äntligen kommit hit!"

"Tack! Det tycker jag med", säger han och tänker tillägga att det är första gången han ser en ekorre fastän han varit här i några dagar; men han gör inte det.

"Vill du inte läsa mina historier?" frågar hon och lyfter upp anteckningsblocket med båda händerna och sträcker det mot honom.

"Visst vill jag det. Sedan kan du läsa dem för mig. Jag tycker om att lyssna på dig."

Danilo slår upp anteckningsblocket och hittar en smal ljusgrön penna i det. Han vänder långsamt första bladet eftersom det är textlöst. På det andra bladet står det handskrivet: Berättelsen nummer 1. Han förmodar att den börjar på nästa sida och vänder ett blad till. Där står: Berättelsen nummer 2. Och på nästa sida står det: Berättelsen nummer 3. På måfå vänder han några blad till. Inget. Bara tomma sidor. Han vågar inte lyfta blicken från blocket och titta på henne.

"Vad säger du nu?"

Ekorren försvinner snabbt bakom träden.

"Imponerande", svarar Danilo utan att titta på henne och lägger tvekande anteckningsblocket på skrivbordet. "Du måste läsa en av dem för mig en gång."

Han samlar all sin kraft och ser henne rakt i ögonen.

Nu kan han inte se att den lilla ekorren kommit tillbaka igen. Nu kan han inte se spänning i det lekfulla djurets ögon.

"Ska jag göra det på en gång?" frågar hon ivrigt, "Går det bra att börja med Berättelsen nummer 13?"

"Nej då, börja från den första och läs så länge du orkar", säger han och sätter sig på stolen mitt emot henne.

"Jag känner mig så trött ", säger Julia långsamt lutande över bordet och slocknar i samma stund.

Danilo reser sig upp och kommer fram till henne. Han kysser henne på pannan och sedan på kinderna.

"Sov gott", viskar han i hennes öra och sätter sig igen på stolen.

Löven och tiden står stilla. Ekorren har försvunnit igen.

Nu sover hon lutad över bordet och han sitter

och väntar på att hon ska vakna. Och när hon
vaknat kommer han inte att lämna henne. Hur
lång tid det kommer att ta vet han inte, men han
stannar så länge det behövs.

"Och en dag till", viskar han för sig själv.

Eller: nu sover hon lutad över bordet och

han sitter och väntar på att hon ska vakna. Och
när hon vaknat kommer han att lämna henne.
Hur lång tid det kommer att ta vet han inte, men
han ger sig av så fort som möjligt.

"Och en dag till", viskar han för sig själv.